EPÎTRE

A M. DE S...,

CHEVALIER DE S. LOUIS.

EPITRE

A M. DE S...,

CHEVALIER DE S. LOUIS,

PAR M. L'ABBÉ DE S..., SON FRERE.

Scriptorum chorus omnis amat nemus & fugit urbes.
HORAT. Ep. II, lib. II.

A PARIS,

Chez L. JORRY, Imprimeur-Libraire, rue de
la Huchette, près du Petit-Châtelet;

Et les Marchands de Nouveautés.

M. DCC. LXXIX.

EPÎTRE

A M. DE S...,

CHEVALIER DE S. LOUIS,

RETIRÉ DEPUIS PEU A LA CAMPAGNE.

Oh ! De quels doux tranſports je me ſens agiter !
Ariſte, il eſt donc vrai, tu reviens habiter
Des Nymphes, des Sylvains la paiſible retraite ?
Ces boſquets enchanteurs & leur ombre diſcrette,
Ces côteaux couronnés des feſtons de Bacchus,
Ces tapis mollement ſur la rive étendus ;
Ce vallon ſolitaire, où l'Yonne naiſſante
Précipite, en tournant, ſon onde jauniſſante
Sous le frêle bateau qu'elle a peine à porter,
Vont t'inſpirer les chants qu'ils doivent répéter !
Tu dédaignes la Cour pour mon humble hermitage :
Là, nos mains cultivant un modeſte héritage,
Couvrent de fleurs la tombe où dorment nos aïeux....

Mais quoi ! Paris à peine a reçu tes adieux,

A ij

Que déjà de l'ennui les atteintes livides
Sur ton front nébuleux ont imprimé leurs rides :
A peine as-tu quitté ces faſtueux remparts,
Vers eux, en gémiſſant, tu tournes tes regards;
Je compte tes ſoupirs; & ta Muſe affligée,
Accuſant les amis dont elle eſt négligée,
Inſenſible à mes ſoins, muette dans nos champs,
Regrette auprès de moi le commerce des Grands.

QUAND mon cœur attendri, que ta douleur déchire,
Retrouve dans toi ſeul le ſeul bien qu'il deſire,
Faut-il que les pavots de ton front ennuyé
Viennent, juſqu'en mes bras, glacer notre amitié?
Mais non : malgré l'affront de ta froideur extrême,
Ta place dans mon cœur ſera toujours la même.

RAPPELLE-TOI ces jours où mes yeux éblouis
Pour la premiere fois s'ouvrirent dans Paris,
De même qu'en un bois planté d'ormes antiques
Qui, portant dans les cieux leurs cimes magnifiques,
Ombragent les côteaux de leur vaſte contour,
Un voyageur brûlé par les rayons du jour,
Découvre un arbriſſeau dont les rameaux fertiles
A ſa bouche altérée offrent leurs dons utiles;
Ainſi parmi ces Grands, ſans éclat emprunté
L'amitié vint t'offrir à mon cœur enchanté;
Ta voix harmonieuſe animant mon audace,
Guida mes premiers pas dans les ſentiers d'Horace;
Un rayon de ta gloire ennoblit mes deſtins.

MAIS dans leurs vains égards découvrant leurs dédains,
Qu'ai-je vu dans ces Grands dont l'inſolente eſtime
Mérite les regrets d'un eſprit magnanime?
Des fainéants titrés dont l'eſprit intrigant
Eſt toujours occupé d'un loiſir fatigant,

Un vernis d'agrément fur un fond d'ignorance,
L'infamie en effet, l'honneur en apparence,
Des jours tiffus d'ennuis dans la débauche ufés ;
Des fens toujours flétris, des cœurs toujours blafés,
Fiers avec leurs flatteurs, vils devant qui les brave,
Des hauteurs de defpote & des vices d'efclave.
Crois-moi : du fentiment la naïve candeur
Répugne au fein glacé de l'altiere grandeur,
Qui veut dans un ami retrouver fes chimeres,
Et ne connut jamais que des nœuds éphémeres.
Forcé tout bas lui-même à fe méfeftimer,
Le cœur d'un Courtifan eft-il fait pour aimer ?

COMPTES-TU pour amis tous ces traitants avides,
Abreuvés de nos pleurs, engraiffés de fubfides,
Ces jeunes Icoglans des jardins de Vénus,
Tous ces vieux Sous-Bachas, ces nouveaux parvenus
Qu'on voit, par les replis d'une indigne foupleffe,
Elevés en rampant, de baffeffe en baffeffe,
Tout-à-coup de leur fafte effrayer nos regards ?
Pourrois-tu donc aimer, toi, l'ami des Beaux-Arts,
Ce Colonel fi vain, fi couvert d'or & d'ambre,
Qui va, chez les Vifirs, ramper dans l'anti-chambre ;
Ce riche Commerçant, ce futur ennobli,
Qui marchande à prix d'or un honneur avili ;
Cet oifif important qui parle vers & profe,
Qui fe dit philofophe & fe croit quelque chofe ;
Cet Auteur, d'Araminte infipide écuyer,
Qui fe charge, en foupant, de la défennuyer ;
Cet Abbé femillant, jeune célibataire,
Par l'Eglife & l'Etat payé pour ne rien faire ?

D'UN héros de toilette affichant les grands airs,
Des beautés à la mode as-tu porté les fers ?
Hélas !... eh ! quelle eft donc cette magique amorce,

Qui séduit la foiblesse & captive la force?
Les graces de l'enfance avec tous ses défauts;
Un sentiment si vrai dans des cœurs toujours faux,
Ce sourire ingénu qui succede aux caprices,
Ces riens qui font changer nos tourments en délices,
L'art d'irriter sans cesse & tromper nos desirs,
De frustrer la nature en volant ses plaisirs.

MAIS, Ariste, dis-moi : ces êtres si frivoles,
Ces grouppes avilis de flatteurs & d'idoles,
Ces palais où l'on va, dans un cercle rangé,
Mettre en commun l'ennui dont chacun est chargé,
Ces enfants décrépits que des grelots conduisent,
Qu'assemble la folie & que ses jeux divisent;
Ce monde si brillant où ton cœur s'est lié
A-t-il donc les vertus qu'exige l'amitié?
Peut-on dans ce cahos toujours être accessible
Aux doux épanchements d'un cœur toujours sensible,
Ou d'une main prudente & d'un œil affermi
Sonder les maux profonds que nous cache un ami,
De sa noble pudeur ménageant la foiblesse,
Arracher, malgré lui, la pointe qui le blesse? . . . . ;

ILS savent colporter le scandale des mœurs,
Tramer avec succès de *charmantes noirceurs*,
Distiller sourdement dans une oreille impure
Un venin ténébreux, broyé par l'imposture ;
Et lorsqu'autour de vous l'homicide serpent
A lui seul excité l'horreur qui se répand,
Le monstre s'applaudit appuyé sur le nombre,
Et lance au jour les traits qu'il a forgés dans l'ombre.

AH ! loin du faux éclat des plaisirs qui t'ont lui,
Loin de ces tourbillons où circule l'ennui,
Reconnois à ma voix l'amitié qui t'appelle !
Le séjour de l'intrigue est-il donc fait pour elle?

Ami, fon temple augufte, élevé dans nos champs,
N'admet, pour la fervir, que leurs feuls habitants.
Dans le fafte des cours, le tumulte des Villes,
Tous les vœux font contraints, tous les pas font ferviles.
Ici la liberté, par qui tous font admis,
Tient la balance égale entre tous les amis.
Dans les cœurs épurés par ta divine empreinte,
Si tu yeux à jamais ferrer leur douce étreinte,
Amitié ! fi tu veux nourrir leurs feux conftants,
Ah ! fais que l'un de l'autre ils foient indépendants.
Toute inégalité nous prépare une entrave :
L'un s'érige en tyran, l'autre devient efclave.

Avec la liberté, loin du féjour des Grands,
Le plaifir exilé s'envola dans nos champs.

Cultivateurs obfcurs des rives de l'Yonne,
Qu'unit l'égalité, que la paix environne,
Loin des Grands & des Cours, dans votre humble réduit
Il habite avec vous ce bonheur qui les fuit.
Oui, dans vos longs travaux chaque jour me préfente
De la félicité l'image intéreffante.
Soit que mon Triptolême, armé de l'aiguillon,
Trace, avec fa charrue, un fertile fillon;
Soit que, fous le cancer, aiguifant fa faucille,
Il appelle aux moiffons fa nombreufe famille;
Ou que, les reins courbés, il chancelle accablé
Sous le doux faix des biens dont Bacchus l'a comblé;
Soit qu'il confie aux champs ces femences fécondes
Qu'engraifferont la neige & le limon des ondes;
Il charme fes travaux par d'agreftes concerts :
Sa joie, en longs éclats, fait retentir les airs.
Quand de l'aftre du foir perce l'humble lumiere,
Il regagne, en chantant, fa paifible chaumiere.
Mathurine déjà l'attendoit fur le feuil,

Des deux jeunes époux vois le touchant accueil,
De leurs bras careffants la douce & longue étreinte,
Et ce tableau fi pur de la volupté fainte;
Vois fes enfants quitter leurs folâtres ébas,
Accourir à l'envi, fe preffer dans fes bras,
Lui peindre tour-à-tour leur naïve tendreffe,
Partager fon bonheur & fes chaftes careffes;
Vois avec quel plaifir ce pain groffier, mais fain,
Que fa tendre compagne à pêtri de fa main;
Les fruits de ce verger docile à fa culture
Satisfont fes befoins réglés par la nature!
Le lait d'une géniffe écumant fons les doigts
Lui tient lieu du nectar de Chablis ou d'Arbois;
Mais la frugalité n'exclut point de fa table
Le plus touchant des biens, l'appétit délectable:
Et dans un doux fommeil, fruit des travaux du jour,
De l'aube & du travail il attend le retour.

Si l'humide afcendant des Hyades funebres
Prolonge à l'horizon l'empire des ténebres,
L'agréable chaleur de fes feux redoublés
Egaye autour de lui fes voifins raffemblés.
Le chanvre eft dépouillé de fon écorce utile,
Les fufeaux font tournés par une main agile.
Ces faciles travaux, occupant leurs loifirs,
Sont encor adoucis par de nouveaux plaifirs.
Tantôt quelque Berger, favant dans le grimoire,
Raconte des lutins la merveilleufe hiftoire,
Qui fouvent fe mêlant aux fonges de la nuit,
Sur leur ame naïve augmente fon crédit;
Tantôt Colin, affis aux pieds de Colinette,
Soupire fes amours fur fa tendre mufette,
Tandis que derriere eux Magdeleine & Lucas
Sur leur hymen prochain s'entretiennent tout bas.

Quelquefois de l'Etat accusant les sang-sues,
Ils peignent à mes yeux leurs craintes ingénues,
Leur amour pour Louis, leur haine des traitants.
Alors, pour les calmer, je leur dis : « Mes enfants,
» Ce Roi que vous aimez, le murmure l'outrage,
» Vos maux sont ceux du temps, vos biens sont son ouvrage.
» Souvenez-vous du jour où son cœur paternel (1),
» Fit de vous rendre heureux le serment solemnel.
» Bénissez avec moi sa politique habile,
» Dans l'Europe ébranlée il est seul immobile.
» Tandis que le Sarmate, en ses affreux débats,
» Evoque autour de lui le démon des combats,
» Ses bienfaisantes mains sur la France étendues
» Couronnent d'oliviers le soc de vos charrues;
» Et sous un Roi si bon, Ministre citoyen,
» Turgot vous affranchit du fléau publicain.
» Malgré vous désormais le signal de la guerre
» Ne vous arrache plus aux travaux de la terre.....

Avec transport, Thibaut répond qu'aux bords du Rhin,
Il marcheroit encor sous Broglie, ou Saint-Germain.
« Cet heureux Saint-Germain, rappellé près du Trône,
» Préside enfin, leur dis-je, aux conseils de Bellone.
» Apprenez à juger de Louis par son choix:
» Ce choix fait la grandeur, ou la honte des Rois ».

Lorsqu'ainsi pour mon Roi j'use ma rhétorique,
Lubin baille & s'endort à mon panégyrique.
Isabelle aussi-tôt, qui s'approche de lui,
Punit sa lassitude, & non pas son ennui.
En vain, à son réveil, la Bergere indiscrette
Cherche à se dérober par sa prompte retraite,

____

(1) Le Sacre. Cette Epître fut écrite en 1775.

L'heureux Lubin vainqueur, ufant des droits du jeu;
Fait retentir au loin deux baifers pleins de feu.
On rit, & dans un coin la jeune & tendre Life
Se laiffe, en rougiffant, embraffer par furprife.

Dans la Cour cependant, où chacun vient s'affeoir,
Confumant les débris de l'ouvrage du foir,
Un feu clair & brillant s'éleve dans la nue,
Suivi des longs tranfports de leur joie ingénue.
Bientôt la danfe au chant vient mêler fes appas,
Et la ronde bruyante animant tous les pas,
Chacun célebre en chœur, d'une voix fortunée,
Le plaifir qui commence & finit la journée.

Ah ! viens les contempler des mêmes yeux que moi,
Le temple du bonheur s'ouvrira devant toi.
Pour que leur volupté devienne auffi la nôtre,
Buffon dans une main, & la bêche dans l'autre,
Mêlons à nos travaux leurs travaux & leurs jeux :
Etant plus éclairés, nous ferons plus heureux.
Ainfi dans les douceurs de notre folitude,
Joignant à l'amitié les charmes de l'étude,
Ne crains point que ton ame, avec ce double attrait,
Du vide des plaifirs éprouve le regret.
Que dis-je ? dans le fein d'un ami qui nous aime,
Comment ne peut-on pas fe fuffire à foi-même ?

A M. LE COMTE DE BUFFON,

DANS LE TEMPS DE SA CONVALESCENCE.

Génie infatigable, ô sublime Buffon !
Dans ton style enchanteur toujours clair & profond,
Puisses-tu, poursuivant ta superbe carriere,
Nous tracer le tableau de la nature entiere !

Tel l'Amiral Anson, franchissant les deux mers,
Dans sa course intrépide embrassa l'univers,
Heureux navigateur dompta les vents & l'onde,
Et rival du soleil, a fait le tour du monde.

A M. L'ABBÉ DE LA BINTINAYE,

GRAND-VICAIRE D'AUTUN.

Deux jeunes Demi-Dieux, compagnons de destins,
Hier m'ont apparu dans un parc solitaire
Où j'allois méditer quelques vers clandestins ;
Je m'éloignois : l'un d'eux m'aborde avec mystere,
Et dit, en souriant, qu'il va me rendre heureux.
Hélas ! il me parloit une langue étrangere.
Malgré son air timide & ses traits doucereux,
Je sens à son aspect, que ma raison s'effraye.....
Mais la tendre amitié nomma la Bintinaye ;
Et seule pour toujours elle obtint tous mes vœux.

A UN PRINCE DU SANG.

GRAND Prince, à qui les Dieux donnèrent en partage
Et le goût des Beaux-Arts & l'amour des François,
Illustre Protecteur qui préviens mon hommage,
Quel charme a fait sur moi descendre tes bienfaits?

INCONNUE à tes yeux, quand ma Muse novice
Essayant en secret ses timides accens,
Avant de te l'offrir épuroit son encens,
Je suis déjà l'objet de ta bonté propice!

Du séjour de l'Olympe ainsi les Immortels
Repoussent d'une main l'offrande intéressée
De ces adorateurs, dont la foule empressée
D'importunes clameurs fatigue leurs autels :

DE l'autre, protégeant la modeste innocence,
Par son zele discret ils se laissent charmer;
Et sûrs, par le bienfait de la reconnoissance,
Ils couronnent des vœux qu'elle n'osoit former.

A M. LE CHEVALIER D'ESCARS,

Capitaine des Gardes – du – Corps de Mgr. le Comte d'ARTOIS, en survivance.

D'ESCARS, vrai Chevalier d'honneur,
Qu'ont nourri tour-à-tour & Minerve & Bellonne,
Le Prince, qui déjà t'a confié son cœur,
Pouvoit-il mieux qu'à toi confier sa personne ?

Lu & approuvé, ce 16 Novembre 1779, DE SAUVIGNY.

Vu l'Approbation, permis d'imprimer, Novembre 1779, LENOIR.